KB138627

# 빈센트 반 고흐

—아를에서

노란 들판 한가운데서
낮잠을 자다 일어나
뜨거운 여름 햇살
가득 머리에 이고
해바라기를 그리는 아저씨
타는 듯한 눈빛이
다시 살아나 이글거리는
아를의 오후
나는 태양 속으로
걸어 들어가는
한 사나이를 보았다
이후, 밤의 카페에 앉아
그가 좋아한 커피
예멘 모카 마타리
한사발 들이킨다

재즈를 마시며 와인을 듣다

재즈를 마시며 와인을 듣다

ⓒ박용재, 2021

1판 1쇄 인쇄__2021년 12월 20일
1판 1쇄 발행__2021년 12월 30일

지은이__박용재
펴낸이__양정섭

펴낸곳__예서
　　　　등록__제2019-000020호

제작·공급__경진출판
　　　　사업장주소__서울특별시 금천구 시흥대로 57길 17(시흥동) 영광빌딩 203호
　　　　전화__070-7550-7776　팩스__02-806-7282
　　　　홈페이지__http://https://mykyungjin.tistory.com
　　　　이메일__mykyungjin@daum.net

값　10,000원
ISBN　979-11-91938-05-0　03810

예서의시 014

# 재즈를 마시며 와인을 듣다

박용재 시집

# 차례

빈센트 반 고흐

## 제1부 가난한 신(神)의 노래

# 제2부 지구인의 노래

## 제3부 여행자의 노래

## 제4부 아시아의 노래

제1부 가난한 신(神)의 노래

# 밍글라바

−Myanmar, 2016


입보다
눈빛으로 먼저 반겨주는
가난한 신(神)의 나라
부처님 얼굴로
아침을 열고
부처님 마음으로
저녁을 맞는
아시아의 하얀 미소


그립다

# 보리수(菩提樹)나무


바고 근교를 걷다가
보리수(菩提樹)나무
한 그루 만났다
땅 밖으로 불쑥
삐져나온 뿌리는
뜨거운 태양에 데어
몹시 힘든 듯하다
그럼에도 아픈 기색 없이
작열하는 태양빛에
지친 이방인에게
바람 한줄기 보내주는
푸른 잎사귀의 흔들림

부처님 마음인 듯

# 참새

그냥
물마시러 왔다
한타와디 마을 우물가
론지 입은
맨발의 사람들과 함께
우물물을 마신다
길 옆에 줄지어선
참새들
부처님 만나러 갈 때
같이 가자고 종알거린다
늙은 보리수나무를
지나던 바람 한줄기
한 말씀 놓고 간다
물 한모금 마시고
가는 게
인생이라고

*론지: 미얀마 남자들이 입는 치마 같은 바지옷

# 맨발의 처녀들


신발 벗고
양말 벗는 시간 아껴
더 빨리
신 가까이 가려는
사람들이 사는 나라

벌판 가운데 우뚝 선
황금빛 사원 계단에서 만난
맨발의 아가씨들
하얗게 웃는다

부처님 미소 같다

*양곤 근교 지나며 맨발의 아가씨들을 만나다

# 캐슈너트나무 아래에서

−이상곤 형에게


작열하는 태양을 이고
캐슈너트나무 아래에서
입을 벌렸다
입속으로 뜨거운 바람 들어와
몸이 타버리는 듯하다
대지가 데워지는 동안
캐슈너트 열매도 익어가겠지
시간이 태양처럼 이글거리는
인도차이나의 하루


나는 누군가를 위해
제대로 익어가고 있기나 한가?


*한낮 바고 근처의 들판을 걷다

# 저녁 노을
－인레 호숫가에서


황새 몇 마리
호수를 쪼고 있다
무리지은 승려들
조용히 지나간 후
한 어부 애써 잡은 물고기
그냥 다시 놓아주네
보리수나무를
붉게 물들이던 저녁노을에
하늘을 이고 놀던
황새 얼굴도 빨개졌다

# 저녁길

하루 종일
나뭇잎을 쓸다
집으로 돌아가는
타나카 분을 바른
미얀마 아가씨들
종알대며 하늘을
가로질러 날아가는
새 같다

저기쯤
그녀들의
집이 보이는 길목에
별들이
마중 나오듯
쏟아지네

*타나카: 타나카나무를 건조시켜 돌판에 갈아 분가루처럼 만들어 얼굴에
바르면 시원해지는 효과를 본다고 함

# 등불
## －쉐다곤 파고다

하늘 가까이
서있는 쉐다곤 파고다
맨발의 영혼들이
부처님 얼굴에
금으로 만든 부적 부치며
연신 기도하네
얼굴보다 눈이 큰 동승들
떼 지어 경을 읊다
푸른 눈의 이방인들
신기한 듯 바라보네
셀 수 없는 촛불들 사이로
마음 닦는 소리 강물 이루는데
두 손 모아 부처님 우러르는
저 맨발의 모녀는
무슨 소원 빌까?

# 낮달

미얀마에서
아버지 생각났다
그해 양력 7월 15일
뜨거운 태양 아래서 돌아가신
우리 아버지 자꾸 생각났다
언덕 위 사원에서 들리는
낮달이 뜰 때까지
죽은 자를 위해 기도하는 소리
미얀마 하늘에 뜬
저 낮달은
우리 아버지 돌아가실 때
우두커니 떠 있던
강릉 하늘에 뜬
표정 없던 그달 같다

아버지는 잘 계실까?

# 참회

－파고다


내 슬픔을 내가 묻는다
미얀마 마을마다
높이 솟은
황금빛 파고다 앞에
무릎 꿇고 엎드린 채
지난 날의
하늘과 별과 들길과
집과 시간과 그리고
내가 만난 인연의 안부를 묻는다
나보다 먼저 부처님 곁으로 떠난
한 인연에 끼친 누를 생각하며
내 눈물이 용서가 된다면
오늘 밤 모든 별들을
그대에게 보내고 싶다

# 나무부처

미얀마 바고에서 산
나무 부처는 눈을 감고 있다
너무 조그마해
내 손바닥 위에 올려놓고
바라보고 바라본다
그는 무슨 생각을
그리 깊이 하는지
도통 눈뜰 생각을 않는다
이토록 작은 몸으로
세상 번뇌 눈 속에 넣고
눈 뜰 날을 기다리는가?
오, 나무부처여
너는 어느 산에서 왔느냐?

# 연필

바고에서 와불(臥佛)을 만나고
돌아오는 길에
땅 바닥에 엎드려 그림을 그리는
한 소년을 만났다
새까만 손으로 부처님을 그리며
나를 보고 하얗게 웃는
고 녀석의 미소에
순간 나를 돌아보았다
지우개로 언제나 지울 수 있다고
사물이든, 그림이든, 세상이든
그 무엇이든 함부로 써 온
내가 몹시 부끄러웠다
때 묻은 손으로 애써 부처님을 그리는
소년의 해맑은 웃음에
부처님도 웃다 가시겠다

# 미얀마 시인

—뉴스, 2021

　미얀마 군부 쿠데타 뉴스를 본다 가슴이 막 숨가쁘게 뛴다 내게 바나나며 수박을 나누던 착한 손과 눈빛의 사람들 생각에 숨이 멈춘다 뉴스를 읽는다 시위 현장에 있던 친구 사이 시인 두 명이 사라졌다, 죽음으로 돌아왔다고 한다. 시인 켓띠, 그는 말했었다. "그들은 머리를 쏘지만 가슴 속의 혁명은 알지 못한다" 또 뉴스를 읽는다 시인 크자 윈, 그는 말했다 "만약 내게 살 시간이 1분밖에 남지 않았다면 그 1분을 내 양심을 깨끗이 하는 데 쓰고 싶다" 다시 뉴스를 본다 너무 착한 미얀마 사람들의 눈빛을 보다 울먹인다 저기 저 붉게 물든 붉은 하늘 아래, 그대는 어디 있는가? 미얀마 시인이여!

# 육체

−2019, 뉴델리에서 섭씨 47도의 돌길을 걸으며

너무 뜨거운
마음의 경작지!

# 물
－뉴델리에서, 무굴제국의 우물


발 아래 우물
물은 보이지 않고
벽돌만 줄지어 섰네
물을 찾고
물을 보존하기 위해
갖은 노력 다한
오 악바르 왕이여
저 보이지 않는
깊고 깊은 우물의 끝에는
물보다 진한
백성들 눈물 고였는지
내 눈은 도무지
물을 바라볼 수가 없네

# 소
－자이푸르에서


이른 아침
쓰레기 더미에서
먹을 것을 찾는 소떼들
그대들은 푸른 초원에서
풀을 뜯던 종족 아니요
근데 어찌 매연 가득한 길거리에서
먹잇감을 뒤져 찾는 것이요
사람이나 소나 새들이나
모두 다 한 생명으로 공생하는 건 좋으나
아침에도 점심에도 저녁에도
아스팔트 길 위에서 만나니
참 어색하고 당황스럽긴 하오
암튼 먹을 것 마땅찮아도
아침 점심 저녁 세끼는
꼬박 챙겨 드시게나

# 타지마할 1
−영원한 사랑

한 남자가
한 여자를 위해 지은
하얀 대리석 무덤
슬픈 사랑에
가장 찬란한 태양을
비추어 만든
죽은 사랑의 궁전
찬란하구나
왕은 죽어도 사랑은 남고
왕국은 망해도 사랑의 궁전은
영원하구나

8월의 태양은
먼 옛날의 사랑 이야기를
뜨겁게 달궈 놓는구나

# 타지마할 2

### —한 남자

전쟁터에서
왕비와 그녀 뱃속 아이를 잃고
그 애처로움에
10만 명의 노동력으로
지어진 거대한 슬픔이여
영원한 집은
살아생전의 사랑보다
죽음 이후에
얼마나 그리워하는가에 의해
완성되는가?
그 사랑으로
나라 살림 거덜 내고
아들에게 왕좌에서 쫓겨나
유폐된 왕이여
그대 사랑의 무덤이
오늘날 사람들을
끝없이 인도로 부르는구나

# 아고라 성에서

―샤자한 왕에게


멀리 저 멀리
사랑하는 아내가 잠든
타지마할을 바라보며
그렇게 살다가
생을 마감한 왕이여
애절한 사랑 앞에
무릎 꿇은 권력이여
피 같은 울음이 묻은
왕궁의 사암 벽돌은
왜 그리 붉은지
당최 뜨거워 죽겠네

# 눈물

-이집트 신화(神話)


태초에 물이 있었다
태양은 물의 심연에서
습기를 냅다 뿜어
신을 창조했단다
그리고 신의 눈물로
사람을 만들었단다
그 다음에 공기를 훅 불어
사막을 만들었을까?
모래바람 흩날리는
저 높은 신화의 숲에서
파라오의 눈을 바라보다
그 곁을 지키는 별빛 같은
백성들의 눈물 보았다


태초에 물이 있고
이어 눈물이 있었다

제2부 지구인의 노래

# 길떠나는 가족
－이중섭 뉴욕가다, 1991

화가 이중섭이
비행기 타고 태평양 건너
뉴욕에 도착했다
한국연극을 사랑한
앨런 스튜어트가 운영하는
극장 라마마아넥스씨어터에서
교포들과 미국인 관객들을 만났다
이중섭의 삶의 흔적과 그림세계를 담은
현대극장의 연극 '길떠나는 가족'
배우 김갑수는 화가 이중섭이 되어
신들린 연기로 그의 예술혼을
아메리카에 심었다
연극이 끝난 후 화가 이중섭
극장 모퉁이에서 담배 한 대
맛좋게 피우고 있다
그 위로 은박지 같은
눈발이 흩날리고 있었다

## 사디
－뉴욕에서


뉴욕 본부 건물 앞에 새겨진
사디의 시를 읽는다


'모든 아담의 후예는 한 몸을 형성하며
동일한 존재다
시간이 고통으로 그 몸의 일부를
괴롭게 할 때
다른 부분들도 고통스러워한다
그대가 다른 이들의 고통을 느끼지 못한다면
인간이라 불릴 자격이 없다'


그렇지 그렇구 말구요
그렇게 답하구선
돌아서면 잊어버리는
나는 어리석은 놈이다


*사디(Sadi, 1209~1291): 페르시아의 대시인

# 조개껍데기

−뉴욕 구겐하임미술관에서

조개껍데기에서
디자인 아이디어를 얻은
구겐하임 미술관 마당에 서면
바다 냄새가 난다
나는 그 냄새를 맡으며
조개껍질의 문이 열릴 때
예술이 세상의 문을 여는
소리를 듣는다

문은 닫혀 있기 보다
열려 있기를 더 희망한다

조개껍데기 미술관에서
바다와 세상이 문을 열고 만나는
아름다운 세계를 본다

# 뉴욕

-카네기 홀에서


그 옛날 돼지를 키우던 곳 카네기 씨의 사랑이 만들어낸 위대한 공간에서 숨쉰다 사랑은 사람과 사람 사이의 일이나 그 사랑의 집은 거대한 선율로 다른 사람들을 감동시킨다 극장 공간을 돌며 밥 딜런의 자필 가사를 만나고 베토벤의 자필 악보를 만나고 초대 음악감독 차이콥스키를 만난다 3000여 개의 붉은 색 의자에 앉았던 희고 노랗고 검은 관객들을 만난다 세계적인 예술가들이 노래하고 연주하는, 먼 옛날 똥냄새나던 돼지우리에 경의를 표한다 이곳에서 연주된 라흐마니노프의 피아노 협주곡(파가니니 주제에 의한 랩소디) 음반을 사서 숙소로 돌아오다 뉴욕은 공간마다 사람이야기가 나무 열매처럼 달려 있어 좋다

# 가수
−뉴욕에서 휘트니 휴스턴의 음악을 들으며


사랑의

사랑에 의한

사랑을 위한 사람들의

영혼을 어루만지며

살아있던 목소리의 여신

마약 묻은 세월에

그대는 너무 일찍 갔지만

지금도 그대 영혼은 남아

끝없이 사랑을 노래하네

I will always love you

나도 그대를

# 망각
−2018, 맨하탄에서 그녀를 기억하다


누가 나에게
망각이란 알약을 처방해다오

나를 잊고
너를 잊으려 해도
잊혀지지 않는
사랑의 무덤

깊은 슬픔 위에
혀를 날름거리며 가시덩굴 헤치며
다가오는 그대

혼자 넘은 세월의 고개엔
어제를 상실한 그리운
달빛 서럽게 비춘다

나를 오늘에 살아있게 하는
신비로운 약이여

너 없이 어떻게 살아갈까?

# 지구인

－맨하튼을 걸으며

저 광활한 우주 속에
존재하는 티끌의 티끌

그 티끌들이
시끌벅적 떠들며
높이 더 높이 하늘로
도시를 쌓아올린다

언제까지?

# 행인들

－애틀랜틱시티에서


카지노의 불빛
24시간 눈뜬 도시
저녁길에서
지나는 바람에게 물었다
저들은 어디로들
저리 바쁘게 움직이는가?
누군가 말했다
무덤 속으로 바삐
걸어 들어가고 있는
중이랍니다
나도, 너도, 우리는
그 속에 있었다

# 재즈를 마시며 와인을 듣다 1

― 뉴욕에서

타임 스퀘어에서 내리는 눈 실컷 맞다 재즈클럽에 들른다 허름한 계단 누군지 모를 뮤지션의 사진이 담긴 포스터가 은근 정겨운 공간에서 젖은 영혼을 울리는 음악에 젖는다 벽에 붙은 재즈 연주자들의 단체 흑백사진을 본다 스필버그 감독의 영화 '터미널'이 생각난다 크라코지아인 빅터 나부스키(톰 행크스)가 1일 짜리 비자로 뉴욕에 입국해 아버지가 못받은 재즈 아티스트의 싸인을 받고 고국으로 돌아가는 장면이 떠오른다 뉴욕, 이방인, 싸인, 고국 그리고 존 윌리엄스의 테마곡… 메신저 베니골슨의 재즈를 마시며 와인을 들었다 그리고 취해서 호텔로 돌아왔다 눈을 뜨니 새로운 아침이다 어제는 다시 오지 않을 것임이 확실했다 젠장!

# 재즈를 마시며 와인을 듣다 2

-조지 거쉬인


영화 '맨하탄'이었지 뉴욕을 그린 스토리보다 아 영화 처음부터 끝까지 연주된 곡, 그 음악 조지 거쉬인의 '랩소디 인 블루' 이 음악에 반해 버렸어 주인공 아이작 데이비스의 "조지 거쉬인의 음악이 고동치는 도시"란 대사가 꽂혔었지 이후 내게 있어 뉴욕은 오랫동안 조지 거쉬인의 도시였지 이 음악이 연주되던 1924년 미국은 궁핍한 시대였지 그러나 지금 이 순간, 높이높이 올라가고 싶은 욕망이 하늘을 찌르는 이 도시에서 결핍이란 도무지 있는 것인지? 있다면 무엇인지? 그리니치 근처 재즈클럽에서 '랩소디 인 블루'를 마시며 캘리포니아산 와인을 들었다

# 재즈를 마시며 와인을 듣다 3

─서머 타임


맨홀 뚜껑을 튕겨버릴 듯한 맨하탄의 여름날 호텔에서 빈
둥대다가 오후에 센트럴 파크 조금 걷다가 저녁 무렵 메트로
폴리탄 미술관 앞을 지난다 폐장 시간이 되자 마치 폭포수처
럼 미술관을 쏟아져 나오는 엄청난 관람객들 그 광경을 눈에
넣은 채 재즈클럽으로 향한다 뮤지컬 '포기와 베스'에서 주인
공 클라라가 아기를 안고 '날개를 활짝 펴고 온 하늘을 차지
할 거야'라며 부르는 아리아 '서머타임'을 듣는다 이름 모를
흑인 가수가 부르는 노래에 빌리 홀리데이가, 그녀의 목소리
와 슬픈 눈동자가 겹쳐진다 아 그 검은 눈동자의 슬픔 뉴욕
은 정말 미치겠다 어제와 오늘이 자유롭게 교차하는 시간의
플랫폼 도시여!

# 재즈를 마시며 와인을 듣다 4
−밤으로의 긴 여로


유진 오닐 극장에서
공연을 보고 나와 걷는다
맨하탄의 밤거리에
내리는 흰눈, 가끔
스캇 조플린의 '스팅'처럼
경쾌하게 흩날린다
밤은 깊어가고, 잠은 오지 않고
호텔방에서 아레사 프랭클린의
재즈를 마시며
건들면 부서질 듯한,
'밤으로의 긴 여로' 속의
가족들을 떠올린다
그들을 생각하며
호주산 와인을 마저 비운다
유진 오닐은 열두 번째 결혼기념일에
이 희곡을 아내 칼로타에게
바치고 죽었다
맨하튼의 밤
흰눈이 깊이 쌓인다

# 재즈를 마시며 와인을 듣다 5

－Love


뉴욕, 언제나 음악이 나를 먼저 맞는다 JFK 공항을 나와 맨하탄으로 들어갈 때 사랑의 노래가 나를 그곳으로 데려간다 냇 킹 콜의 'Love' 'Unforgettable'이거나 프랭크 시나트라의 '뉴욕 뉴욕'이거나 엘라 피츠제럴드와 루이 암스트롱이 부른 'Our love is here to stay'이거나 암튼 재즈가 나를 안내한다 아레이 찰스의 'I can't stop loving you'도 있지 이 노래는 재즈인가 소울인가? 암튼 그렇지 살아있는 동안 사랑은 멈출 수 없지 어쩌면 지구는 사랑으로 돌아가는 별인지도 모르겠다

# 재즈를 마시며 와인을 듣다 6

## ─죽음과 소녀

뜨거운 여름의 뉴욕 남미계 여인으로부터 암표를 사서 본 연극 '죽음과 소녀' 1500석 극장엔 중년과 노년의 부부 관객들이 빼곡하다 칠레 작가 아리엘 도르프만이 독재 정권을 고발한 작품이다 리차드 드레이푸스, 글렌클로스, 진 핵크만 무대에 등장할 때마다 관객들은 일제히 일어서 기립박수를 보낸다 배우들은 순간 스톱 모션이다 배우와 관객이 서로 존중하는 풍경이 아름답다는 생각도 잠시 인간이 인간에 저지른 참혹한 이야기에 숨죽인다 참 아프다 인간이라는 게⋯ 공연이 끝난 후 명배우들의 명연기를 뒤로하며 밤거리를 걷는다 문득 뉴욕은 빌딩이 높은 만큼 하늘도 높을까를 질문하다 카페에 앉아 빌 에반스를 추억하며 칠레산 와인을 듣는다 취기에 한마디 던졌다 에이쌍 독재 없는 지구는 불가능한가?

# 재즈를 마시며 와인을 듣다 7

−센트럴 파크

아침 방송에선 테러위험을 경고하는 리포터의 목소리가 강하게 이어졌다 샌드위치와 커피로 아침을 해결하고 센트럴 파크를 걷는다 사이먼 앤 가펑클 두 남자가 이곳에서 펼친 멋진 콘서트를 생각하며 '험한 세상의 다리가 되어'를 흥얼거린다 그냥 흥얼거린다 그러다 벤치에 앉아 모이를 쪼는 평화로운 비둘기들을 바라본다 아 이 험한 세상에, 무사히 인생길을 건널 다리가 있기나 한 걸까? 오늘도 지구인은 테러로 얼마나 운명을 달리 할까? 다시 멍하니 센트럴 파크를 가로지르며 영화 '러브 스토리'의 테마곡을 흥얼거린다 사랑, 슬픈 사랑 눈 내리는 센트럴 파크를 떠올리며 먼 하늘을 바라본다 오늘밤엔 스탠 게츠(Stan Gets)의 쿨재즈를 마시며 와인이나 들어야겠다

# 재즈를 마시며 와인을 듣다 8

―재즈와 거문고

가을 저녁 뉴욕에서 에디 히긴스를 듣는다 '고엽(Autumn Leaves)'이 신경줄을 타고 흐른다 시인 자크 프레베르, 이브 몽땅 가수 에디뜨 피아프는 붉은 물방울이 되어 몸 속 깊이 퍼진다 이 자유롭고 감미로운 사랑의 선율에 빠져 허우적거릴 쯤 내 몸을 타고 올라오는 우리 노랫소리 한자락과 거문고 선율은 무엇인가? 늦은 밤 맨하탄에서 정가(正歌) '상사별곡 (相思別曲)'을 떠올리며 허윤정의 거문고 산조를 생각한다 재즈를 마시며 와인을 듣다가 재즈 피아노 연주가 거문고 산조와 하나되어 나를 미치게 한다 뉴욕의 가을 낙엽 위로 찰리 파커의 섹소폰 소리 자욱하게 떨어진다

# 재즈를 마시며 와인을 듣다 9
-오버 더 레인보우


주디 갈란드가 노래한다
무지개 너머를
엘라 피츠제랄드가 노래한다
언젠가 들어본 이야기를
아레사 프랭클린이 노래한다
파랑새가 날아다니는 곳을
사라 본이 노래한다
별에게 소원을 빌면
소녀 코니 탈봇이 대답한다
꿈꾸는 일들이 이뤄진다고

세상의 꿈들이 노래한다
우린 날아갈 수 있을거야

너무 추운 뉴욕
펜실바니아 호텔 방에서
겨울 무지개 너머로
파랑새를 그리며
'오버 더 레인 보우'를 마신다

# 총소리
―LA에서, 1992

나른한 오후
윌셔가의 멋진
팜스프링 나무 아래를
걷다가, 아 뭐야?
갑자기 탕탕탕 총소리
길 가던 사람들 모두 놀라 엎드린다
나도 따라 엎드린다
겁먹은 채 실눈으로 바라본
아 쓰러진 인류와
도망가는 인류의 모습
뭐라 거친 소리 들려왔지만
알아들을 순 없었고
원한에 찬 눈빛만 기억난다
아 천사의 도시엔
천사만 사는 게 아니구나
아 그렇구나
천사는 어디에 살까?

# 찰스 부코스키

-LA에서

괴짜 아저씨는 어디서 맥주를 빨고 있나? 저기 지나가는 우체부 아저씨에게 물어보면 알 수 있나? 경마장에 갔다 온 후 맥주 잔뜩 쌓아놓고 타자기 두들기며 맘 내키는 대로 시 쓰고 있나? 아니 시 같은 거 쓰면서 사랑, 세상, 우주를 흔들었다 놓고 있나 나는 LA에 오면 말론브란도 알파치노 로버트 드니로 샤론스톤 생각도 하지만 할리우드 근처 어디 산다는 시인 찰스 부코스키의 술병과 타자기를 떠올리며 그의 천방지축 자유로운 영혼에 경배한다 "신들이 나를 망쳐 놓았다"*며 시 쓰고 마시고 섹스하고 살다가며 묘비명 한 줄 남겼다 '애쓰지 마라(Don't Try)' 나여, 애쓰지 말자

*찰스 부코스키의 시 '지구에서의 마지막 밤'에서

# 라스베이거스에서

−여름, 2016

봄
여름
가을
겨울이
똑같은 옷을 입고 살아가네
뜨거운 햇빛이
사정없이 난사되는 인공 오아시스
밤이 와도
조명에 눈이 가려
별을 볼 수가 없네
내일 밤엔 별 보러
사막에서
다시 사막으로
나가야겠네

# 산토스 해변

—상파울로에서, 2010

돌아오라
돌아오라

저 멀리 포르투갈에서 부르는
아버지의 음성
산토스 해변에
깃발처럼 나부끼고

아들은
수평선 위로
병정들 진군하듯
물결치는 파도를 바라보며

돌아올 수 있을까?
다시 돌아올 수 있을까?

아버지의 말을 거역하고
세운 오 삼바의 나라여
뜨겁다

# 뒤풀이
−상파울로 한인식당

한국의 현대무용인들과 상파울로 공연을 갔다 이름도 낯선 동네 허름한 극장에서 공연을 마친 후 스태프진과 출연진들이 모여 한국식 뒤풀이를 했다 어딘지도 모르고 보내준 택시를 타고 간 한인식당, 문 앞에 건장한 경비원이 둘씩이나 서 있고 브라질 친구들도 섞인 왁자지껄 뒤풀이 후 들은 말에 술 확 깼다 "여긴 유대인들도 못 버티고 나간 곳이에요. 근데 한인들이 식당을 시작했어요. 참 대단한 사람들이죠." 한국에서 멀다고 하기엔 세상의 끝인 상파울로에서 흑인 경비 세우고 전용택시 고용해 생계유지하고 자식 공부시키는 한국인 중년 부부! 이들에게 신의 보살핌이 있으시길!

# 빠삐용

―사이판에서, 2007

세상은 섬을 그리워하고 섬은 세상을 그리워한 죄로 서로
가 서로에게 빛이며 희망이다 키 작은 영웅 더스틴 호프만의
얼굴 같은 섬에 스티브 맥퀸의 눈빛 같은 태양이 작열하는
사이판 언덕에서 빠삐용의 대사를 듣는다 "인생을 낭비한 죄
로 너를 고발하노라" 아 낭비 없는 인생이 가능할까? 나 역시
사랑할 시간을 낭비한 죄로 나를 고발하노라

*영화 속 빠삐용이 탈출을 시도한 언덕에서

제3부 여행자의 노래

# 신전에서

-그리스


인간이 없으면 신은 존재할까
사람이 없으면 기도는 존재할까
인간의 기도는 신을 위한 것일까
사람을 위한 것일까
저 하얀 신전의
대리석 기둥을 스치는
바람은 알까?

# 젊음
−런던 트라팔가 탑 아래서


구멍 뚫린 청바지 입은
젊은이가 키스를 한다
신마저도 시샘할 것 같은
푸르디 푸른 젊은 피
이들의 키스가
광장의 승전탑보다 높은
사랑의 승리탑을 세우길 빌어본다
이들 옆에서 동전 바구니를 놓고
버스킹 공연을 하는
긴 머리 젊은이가 부르는
비틀즈의 '렛 잇 비'
그냥 비에 젖는다

# 책

−조지 오웰


런던의 저물 무렵
우연히 길을 걷다가
발견한 표지판
조지 오웰이 머물렀다는
표지판 앞에 서서 묻는다
그의 디스토피아는
언제쯤 유토피아가 될까?
그런 세계는 있기나 한가?
집 앞 작은 꽃밭의 꽃과
길가의 비둘기 몇 마리
한가롭다, 한가롭다
빅 브라더는
이들의 평화마저
통제할 수 있을 텐가?
'버마의 나날' '동물농장' '1984'가
가슴을 후려친다

# 존 레논
−런던에서


그의 동그란
안경이 먼저 보인다
존 레논
그리고 절규하듯
그의 가슴이 보인다
런던 탑 아래서
그의 노래
'Mother'를 듣는다
대장암 수술하고
강릉에서 홀로 사시는
어머니 생각하며
런던아이 아래
템즈강에
눈물 몇 방울 떨군다

# 카페
−스코틀랜드 에든버러에서, 2010


도시는 축제 중이다 아침에 아서힐에 올라 이름 모를 작은 꽃들에 눈길을 주다 다시 내려와 주인 존 그레이 목사가 죽은 후 14년 간 그의 무덤을 지켰다는 충견 보비의 코를 만지다 거리극을 본다 작열하는 여름 햇살 듬뿍 받은 후 조앤 K 롤링이 해리포터를 쓴 빨간색 카페 '더 엘리펀트 하우스'에 들른다 그녀는 어느 자리에 앉아 해리포터를 썼을까? 주인에게 물어 보려다 그냥 커피 마시며 한 작가의 끝없는 상상력에 경배한다 그리고 다시 공연으로 해가 뜨고 공연으로 해가 지는 에딘버러축제 속으로 들어간다 나에게도 귀에 익은 노래인 스코틀랜드 전통민요 '올드 랭 사인(Auld Lang Syne)'이 왠지 마음을 자극한다 젊은 악사 옆에 서서 '오랫동안 사귀었던~' 하며 한국어로 노래 불러본다

# 봄날의 자화상

−런던 테이트모던에서

　템스 강변 화력발전소를 현대 미술관으로 변신시킨 영국인은 런던을 가질 자격이 충분하다 커다란 굴뚝이 상징하듯 광대한 미술관을 걷다 화제의 영수증 앞에서 선다 음식 주문 내용과 값을 치른 빌이 가장 핫한 현대미술이란다 젠장 누굴 놀리나? 열 받을 찰나 영수증, 아니 예술작품이 말을 건넨다 난 '돈을 적은 게 아니라 누군가의 생명의 시간을 기록하고 있어' 아, 젠장 미치겠네 이후 난 음식을 먹고 난 후 꼭 영수증을 챙긴다 내 생명의 기록이니까 그리고 매일 식당에서 음식이 아닌 예술을 먹는다 그리고 수첩에 한마디 적는다 모든 삶의 기록은 예술이다

# 미이라의 여인들

—런던 내셔널 갤러리 이집트관에서, 2019


밤이여
그대는 승리자
빛의 승리자
이집트 사막을 태우던
태양마저도
너의 날름거리는 혀가 삼켜버렸지
어둠의 황제인 밤이여
고대 흑인 여인들은 물을 긷고
현대 여인들은
대리석 바닥에서 하이힐을 신고
그녀들을 바라본다
오 위대한 어둠의 신이여
제국의 꿈을 계획하고
실현했던 밤이여
그대가 태워버린
저 먼 사막에
누군가 꽃을 심고 있다

# 웨스트엔드 극장 거리에서

-뮤지컬, 2009


관객을 이기는 극장
관객을 이기는 무대는 없겠지

관객은 작품을 통해
세계를 만나고
배우들은 작품을 통해
나를 만나고

극장의 모든 공간은
오늘도 관객을 향해
두 팔 벌리고 있다

# 런던

—셰익스피어의 글로브극장 근처에서


영국 대사전을 편찬한 사무엘 존슨이 말했지 "런던이 싫증나는 순간, 그 사람은 인생 그 자체에 싫증났다고 할 수 있다" 런던에서 대한민국 서울 사는 나에게 질문한다 서울 사는 당신은 어떠하신가? 그러신가? 아니하신가? "그럼 서울에 사는 것이 재미없다면 그 사람 인생 그 자체가 시들하다고 할 수 있다" 만약 영국에 셰익스피어가 없었다면? 그건 런던과 서울의 문제가 아니지 영국도 심심하고 세계도 심심했겠지 오 햄릿의 나라여!

# 크리스탈 팰리스에서
—축구, 2019.1

안개비가 내리는 날
몇 번이나 기차를 갈아타고
크리스탈 팰리스에 갔다
잉글리쉬 프리미어 리그
토트넘 핫스퍼와
크리스탈 팰리스의 경기 보러 갔다
아니 손흥민 보러 2시간 걸려 갔다
기차역에서부터 경기장까지
20여 분 거리엔 축구를
사랑하는 사람들로 떠들썩하다
한 사람씩 통과하는
보안검사대를 지나 관중석으로
들어가니, 햐 이거 열기가
놀랄 지경이다
경기 내내 서서 흥분하는 관중들
사이에 끼어 손흥민을 외쳤다
그러나 그는 출전하지 않았다
다만, 넘버 7번 손흥민을
사랑한다는 영국 팬으로부터
엄지척 엄청 받았다
그것으로 족했다

# 행복한 죽음
-파리, 자크 프레베르, 2010


부인이
지켜보는 가운데
죽은 자들은
행복하지
부인이 죽는 걸
지켜보는 자들보다는
훨씬 행복하지
저기 또
절망이 벤치 위에
앉았다 가네*
아침 강변의 벤치에 앉아
졸고 있는 저 한사람
그의 죽음은
누가 지켜볼까?


*자크 프레베르의 시 구절

# 민심

−프랑스혁명을 생각하며

오전에는
베르사이유 궁전에서
대장장이가 되고 팠던
루이 16세와
왕비 마리앙투아네트가
걸었던 장미꽃밭을 만난다
오후에는
에펠탑에서
루이 16세도
마리 앙투아네트도
그리고 혁명가
로베스 피에르도
단두대에 목잘려 죽은
파리를 바라본다
밤에는
센 강변에 앉아
흘러가는 강물 속에
마라의 죽음을
당통의 죽음을 비쳐본다
마시는 와인이
피 같다

# 불빛
### −센강변에서

작은 불빛은
그대 마음을 비추고
큰 불빛은
세상을 비춘다네

센 강변을 걷다가
한밤중 파리에서 만난
엘라 피츠제랄드의
'Moonlight serenade'*
센강 불빛에
출렁 출렁 잘도 흐른다

노래의 끝은 어딜까?

*영화 '미드나잇 인 파리'에 나오는 빈티지 재즈

# 아비뇽에서

－꽹과리


포도가 익어갈 무렵
아비뇽에선 축제가 펼쳐진다
셀 수 없는 공연이
도시를 뒤덮는다
민박집 3층 숙소에서
피카소의 그림 '아비뇽의 처녀들'을
찾아보다가, 태양이 조금 식을 무렵
메인 스트리트로 향한다
길거리는 물론 골목까지
세계에서 몰려온 공연단들이
자신의 작품 홍보에 열을 올린다
바이올린, 기타, 북
이름을 알 수 없는 전통악기들로
흥을 돋운다
그 사이를 뚫고 지나가는
한국 공연패의 꽹과리 소리
순식간에 세계의 모든 악기를
숨죽이게 한다
아 남 프랑스의 태양보다
더 강렬한 우리의 꽹과리 소리가

세계를 제패한 저녁에 마시는

프랑스 와인은

어찌 그리 상큼한지요


*매년 여름 프랑스 아비뇽에서 열리는 세계적인 아트페스티벌

# 기차로 떠났다 버스로 돌아왔다 1

−일 들라 소르그에서, 2011.7.19

    온 들판엔 햇빛 머금은 해바라기가 차창 밖으로 펼쳐지는 남 프랑스 아비뇽의 초여름 연극평론가 안치운 선생과 기차를 타고 가다 무작정 시골 역에서 내렸다 낯선 시골 마을 일 들라 소르그!* 마을을 가로지르는 작은 강에서 카누를 타는 젊은 여인의 건강한 심장 소리를 느낀다 레지스탕스가 몸을 숨겼다는 좁은 산길을 걷다가 넓은 하늘이 그리워졌다 파란 하늘 구름 사이로 사랑하는 사람들 얼굴이 하나둘씩 떠올랐다 사람은 어디에 있든 그리운 것들이 있다 포도밭 사이에선 원두막 위로 알퐁스 도데의 별들이 쏟아졌다

*남 프랑스 아비뇽 근교의 조그만 시골마을

# 기차로 떠났다 버스로 돌아왔다 2
—저녁 무렵, 2016


일 들라 소르그! 그곳엘 갔다온 지 5년이 지난 뒤였다 안치운 선생이 전화를 걸어와 박형! 우리 그때 남 프랑스 작은 마을 역에 무작정 내린 적이 있지요? 라고 물었다 안교수는 흥분된 목소리로 말했다 박형 그곳이 말이요 시인 르네 샤르의 고향이며 시인 폴엘뤼아르가 방문했으며 1965년엔 화가 피카소도 다녀간 곳이었다고, 초현실주의 운동이 시작된 곳이며 더욱이 화가 쿠르베의 그림 설산이 우리가 보았던 그 산이었다며 아! 망치로 한 대 맞은 기분이었다 아 그랬구나 그래서 우리를 그곳으로 안내했구나 예술가여 그냥 길을 떠나라 그곳에서 행운을 만날 수 있다 길은 사람을 배반하지 않는다

# 바흐를 마시며 맥주를 듣다 1
−브란덴부르크 광장에서, 2012. 5.19

　호주 유학생이 아르바이트하는 자전거를 타고 브란덴부르크 문을 지난다 갑자기 손이 경직되며 거대한 문을 향해 경례한다 호주 청년은 땀을 뻘뻘 흘리며 자전거를 몬다 어제의 고통스런 죽음이, 압제의 시간이 관광상품이 되어 세상사람들을 불러 모은다 광장 주변으로 길게 늘어선 카페들에선 지구인들 웃음소리 끊이지 않는데 우리의 DMZ는 언제 여행객들이 쉬어가는 카페거리가 될까? 브란덴부르크 광장의 밤거리를 걷다 카페에 앉아 바흐를 마시며 맥주를 듣는다 슬픔은 슬퍼하는 자들만의 몫인가?

# 바흐를 마시며 맥주를 듣다 2

－브란덴 부르크 협주곡

냉전시대의 흔적 남은
베를린을 걷는다
일부러 남겨둔 부서진 장벽과
창살들을 바라보며
불안과 증오에 떨던
독일인의 과거를 물어본다
많은 피를 흘린 후
동서독이 하나 되던 날
연주되던 브란덴부르크 협주곡
그 기쁨의 날을 떠올리며
나도 덩달아 흥분하며
걷다가 들른 옛 장벽 옆
베를린의 카페에서
바흐를 마시며 맥주를 듣는다
취기가 오를 때 쯤
내가 군대 생활했던
강원도 양구 쪽 DMZ에서
남북이 하나 되어
뜨겁게 아리랑을
마실 날을 꿈꾼다

# 바흐를 마시며 맥주를 듣다 3

−베르톨트 브레히트

베를린앙상블 극장 앞에서
베르톨트 브레히트에게
연극이란 무엇이냐고 묻자
그는 말없이 극장 문을
활짝 열어준다
나는 홀로 객석에 앉아
'서푼짜리 오페라'를
'엄척어멈과 그 자식들'을 본다
연극이 끝난 후
바흐를 마시고 맥주를 들으며
서정시를 쓸 수 없는 시대*를 묻는다
연극은 인생이라는
대지에서 자라는 삶의 노래
그리고 영혼의 양식이다
나의 수첩엔 그렇게
서정적으로 적혀 있다
젠장! 브레히트여

*베르돌트 브레히트의 시 제목

# 칼프

−헤르만 헤세의 집, 2012.5.17


　뾰족한 지붕 아래 문 잠긴 생가 앞에서 머뭇거리다 광장에서 독일의 봄 햇살하고 논다 성당 앞 기념관엔 지구인들 모여들어 재잘대고 그의 '수레바퀴 아래서' 꿈꾸던 시간들이 봄바람에서 휙 날린다 먼 계곡을 내려온 맑은 물 흐르는 다리 위에 동상으로 선 채 영원을 산책하는 싯다르타여 정오를 알리는 성당 종소리에 비둘기 몇 마리 날개 펄럭이며 날고 나는 이곳 갈프에서 그대 사진 바라보며 합장한 채 미소 짓는다 그리고 나는 노래한다 그는 평화를 사랑했네 영원토록 사랑했네

# 쉴러의 집

—마르바흐에서, 2012.5.16

5월의 햇살은 대지와 입맞춤으로 숲을 푸르름으로 물들인
다 마을 사람들은 고요함 속에 앉아 모두 기도를 하는 듯하
다 언덕길 길모퉁이 쉴러가 태어난 집에서 '간계와 사랑' '빌
헬름 텔'을 떠올리며 발길 돌려 골목길 걷는다 작은 꽃밭 옆
우연히 발견한 수제 맥주집에 목 축이러 들어갔다가 갑작스
런 경상도 전라도 강원도 충청도 사투리에 깜짝 놀랐다 메르
세데스 벤츠 딜러로 한국에 꽤 오래 거주했다는 수제맥주 가
게 아저씨의 한국 얘기 듣다가 시간가는 줄 몰랐다 포도밭
옆 보리밭이 길게 줄 선 풍경이 아름다운 독일 마르바흐에도
한국은 있다

# 햄릿
−덴마크 크론보르성에서, 2011

일요일 오후
크론보르 성에서
덴마크 왕자
햄릿을 불러본다

햄릿,
너는 누구냐?
영원히 죽지 않는
셰익스피어의 영혼
햄릿, 진정
너는 누구냐?

# 오덴세
−안데르센을 위하여, 2010

가끔씩
꿈을 들고 찾아와
잊어버린 시간을
되찾아주는
상상의 마술사!
어린 시절
나를 홀리고 꿈꾸게 했던
동화책 작가 아저씨를
밤기차를 타고 가서
만난다
밤새워 만난다
안데르센의 고향
오덴세는
아름다운 영혼을 낳고
그 영혼은
더 아름다운 세상을 꿈꾸게 한다

# 인어공주
－코펜하겐에서, 2009

아뿔사
그랬었구나
그땐 그리하였구나
아둔한 세월
바람, 꽃잎들, 푸른 바닷바람 앞
그게 고백이었구나
사랑한다는…
먼 인생 항해를 떠난
비늘 달린 누이가
푸른 치마를 입고
돌아오는 길
그거였구나

# 취리히 1

−기마대, 1998

옛 기마대가 있던 넓은 훈련 공간을 극장으로 만들었다 군인들이 말과 함께 열병하던 곳은 신체훈련장으로 건초를 보관하던 창고는 천장 높은 실험극장으로 만든 스위스 사람들의 문화의식에 감탄한다 군인을 훈련시키고 말을 조련하던 전쟁을 위한 공간을 예술공간으로 멋지게 바꿔 세계의 예술가들을 불러 모아 축제를 펼친다 이들의 고운 심성에 놀란다 마굿간을 개조하여 만든 카페에는 세계에서 몰려온 예술가들의 토론 소리 가득하다 시끌벅적 이들의 열정이 제네바의 밤을 깨어 있게 한다 내일 아침 알프스는 더욱 아름답겠지

# 취리히 2
-키스, 1998

여행객 치곤 나름 검은 슈트에 흰 셔츠로 차려입고 향수도 좀 뿌리고 취리히 콘서트홀엘 갔다 극장 로비부터 유럽의 멋쟁이들이 풍기는 갖은 향수 냄새가 코를 자극한다 얀센이 지휘하는 취리히 필의 '짜라투스트라는 이렇게 말했다'를 들으러 갔다 내 옆 자리에 앉은 블랙 톤의 슈트와 원피스가 아주 멋스런 연인 관객 이들은 남 눈치 안보고 틈만 나면 키스를 한다 이렇게 우아하고 화려한 곳에서 대놓고 사랑을 표현한다 난 참 민망하여 눈 둘 데를 찾는다 당당하게 세계적인 지휘자의 연주를 앞둔 콘서트홀에서 키스하는 유럽의 연인! 오 짜라투스트라여! 난 무슨 말을 할 수 있을까

# 연극
—이탈리아 벨라주네에서


극단 세실이었지
연극연출가인 채윤일 선생과
몇몇 기자들이 갔었지
낡은 교회를 개조한
북 이탈리아 시골극장에서
한국 연극을 공연했었지
언덕 위엔 작은 성이 서있고
포도밭에선 포도알들이
영글어갈 때쯤이었지
이름도 낯선 이 작은 곳에서
세상에 우리 연극을
그것도 '씻김굿'을 공연하다니
채윤일은 목숨 걸고 연출하고
배우들은 몸 부서져라 공연했다
이탈리아 시골극장에서
우리 굿몸짓을 뿌렸다
기립 박수 그리고 와인으로
밤을 적시던 벨라주네의 밤
그 시골 극장은
아직도 공연을 계속할까?

# 상트페테르부르크 1
–나는 누구인가, 1991

상트페테르부르크
노을 지는 네바강을 바라보다
우연히 들어간
도스토옙스키가 자주 들러
보드카를 마셨다는
조그맣고 오래된 카페
그의 눈을 떠올리며
보드카로 만든
폭탄주 2잔을 마시곤
거의 기절해 버렸다
기어나오듯 카페를 나와
숙소로 돌아온 후
도통 잠이 오질 않아
카라마조프카의 형제들을
읽다가, 라도가 호숫가
뱃사장을 걷다가
홀딱 벗고 수영하며 외쳤지
나는 도대체 누구인가?

# 상트페테르부르크 2
－발레 '로미오와 줄리엣'을 보고


도시를 건설하기 위해
시민의 30%가 죽었다는
피로 건설된
상트페테르부르크
1991년 뜨거운 태양이 진
한여름 날의 밤
셰익스피어를 발레로 만난다
로미오를 부르며 죽어가는
줄리엣의 입술은 차갑기만 하고
그날 밤 내 노트엔
사랑은 살아갈 희망이면서
죽어야 할 이유!
우리의 삶과 죽음은
너로부터 정해지는구나

# 상트페테르부르크 3
−네바 강가에서


나는 서 있었다
네바 강가에
청동 기사처럼
무표정하게 서서
제정 러시아의 말년과
피의 일요일과
레닌의 죽음을
흘러가는 강물에 비춰 보았다
나는 서 있었다
네바 강물 위에 서서
지난 시대의 눈물과 피 위로
스트라빈스키의 발레곡
'불새'가 흘러가는 것을 듣는다
나는 서 있었다
역사의 물결이 쓸쓸히 지나가는
네바 강가에서 불러본다
청동 기사여
'쓸쓸한 물결이 이는 강가에
그는 서 있었다.
위대한 사념에 잠겨……'*


*푸시킨의 '청동기사'에서

# 시인

—푸시킨 문학관에서


세상의 고통을 작은 몸에 싣고
인생의 노래들을 글수레에 싣고
저문 길을 걸어가는 시간의 나그네
어릴 적 고향마을
강릉 사천 하평이발소에는
그의 시가 걸려 있었지
"삶이 그대를 속일지라도
슬퍼하거나 노여워하지 마라"
그의 동상을
여러 번 쓰다듬다 왔다

# 자작나무 숲
—백야, 1991


　가차다 백야를 달리는 러시아 기차다 상트페테르부르크 발 모스크바 행 야간기차 안 이다 처음엔 북극곰 같은 사내들의 눈빛이 두려웠다 그저 차창 밖으로 끝없이 펼쳐지는 자작나무 숲만 바라보려했다 그러다 눈빛 교차하고 마음으로 통하자 거북선 담배 나눠 피고 보드카 밤새 나눠 마시다가 거지꼴로 도착한 모스크바 역에서 잘가라 인사하며 헤어졌다 기차역 광장을 걸어나오는데 러시아 사내들과 밤새 함께 한 자작나무들 따라온다 그 뒤로 시베리아의 자작나무 숲도 따라온다 보리스 파스테르나크, 닥터 지바고, 라라가 따라온다 자꾸 따라온다 오 잠들지 않는 자작나무 숲이여


　*상트페테르부르크에서 밤 9시 출발하는 야간열차를 타고 한숨도 자지 않고 아침 7시 모스크바역에 도착하다

# 물물교환
−모스크바에서, 1991


해질 무렵 모스크바 거리에서
생선 몇 마리 들고
구매자를 기다리는
불안한 여인의 눈동자
아 슬픈 슬라브 여인의
큰 눈동자가
아직도 눈에 어른거린다
인생의 문이라는 것은
항상 열려 있는 것도
닫혀 있는 것도 아니다
다만, 그 문을 열 수 있는 자에게만
열쇠가 쥐어질 뿐

제4부 아시아의 노래

# 교토에서 1

-윤동주

딸 박재은과 버스를 타고 갔다 도시샤대학 캠퍼스 정문에서 붉은 벽돌 건물 몇 개 지나 왼쪽 방향으로 가서 만났다 왼쪽은 윤동주 시비 오른쪽은 정지용 시비 나란하다 겨울의 이른 아침인데도 누군가 우리보다 먼저 와 싱싱한 꽃송이 놓고 갔다 만주, 서울, 교토, 후쿠오카까지 그의 삶이 이어졌다 하루 종일 그를 생각했다 하늘과 바람과 별과 시를 어루만지며 교토의 하늘에 젖은 내 눈을 씻었다 아 어머니 어머니 어머니

# 교토에서 2
−조선인, 갑천*


걸었으리
그리고 울었으리
바라보았으리
그리고 분노했으리
가고 싶었으리
강물 따라
구분도 차별도
이념 없이도 흐르는
강물처럼
인간의 고향으로
세상을 돌려놓고
싶었으리


*교토를 관통하며 흐르는 강

# 흰색
－오타루에서


흰 천은
물들기는 쉽지만
그 색깔을
지켜내기에는
너무나 어렵다
그대 슬피 떠나던
설원의 하늘로
하얀 편지를 쓴다
이 세상에서
사랑을 이루지 못한 채
죽은 자를 위하여
하늘에 대고
'안녕하시냐고?'*
크게 소리친다


*영화 '러브레터'를 생각하며

## 삿포로에서 1
−원시림 가득한 숲속에서


숲 속에 도착하니
숲이 미소 짓네
이름을 알 수 없는 키 큰나무
나를 보고 자신의 몸에
귀를 대 보라네
그의 음성이 들리네
당신은 자연을 구성하는 요소이자
아니 원래 자연 그 자체였어
숲을 나오니
헉, 숨이 막히네

# 삿포로에서 2

−미우라 아야코

삿포로엔 눈축제 말고 맥주 말고 소설가 미우라 아야코(三浦綾子)가 있지 '빙점(氷點)'의 작가, 한국에서 가장 많이 출간된 일본 작가의 고향이자 작품의 산실인 아사히카와시(旭川市) 폐결핵으로 13년간 요양생활을 이겨내고 글을 쓴 그녀가 묻는다 "삶에 답이 있을까?" 내가 답한다 "네?" 그녀가 다시 묻는다 "사랑에 답이 있을까?" 내가 다시 답한다 "요오코*에게 물어보죠?" 삶과 사랑에 답이 있다면 인생이 살아지기나 할까? 이런 저런 생각을 하며 그녀의 흔적이 묻어 있는 공간을 뒤로 하려는데 파킨슨병을 앓는 아내 미우라 아야코의 소설을 받아 적은 그의 남편 미우라 미쓰요(三浦光世)의 마음이 자꾸 따라왔다

*요오코는 소설 '빙점'의 여주인공

# 예술섬 1
−나오시마에서


인간이 쓰다 버린
것들의
쓰레기 처리장이던
섬에

다시 인간이
숨결과 마음결로
예술섬을
만들었네

버리고 다시
태어나게 하고
그렇게 윤회하네


*일본인 건축가 안도 다다오가 설계한 지중미술관을 만나다

# 예술섬 2
−이우환 미술관


나오시마 언덕 지나
약간 외진 듯
한적한 곳
안도 다다오의
노출 콘크리트 벽 사이로
햇볕 들고
그 벽과 벽 사이를 지나
과거와 현재 사이를 지나
한국인과 일본인 사이를 지나
그를 만나고
그의 그림을 만나네
제주와 나오시마를 잇는
하늘과 바다 사이
파란 물감이 퍼지네

# 도쿄에서
−신주쿠 거리를 지나온 후, 1987


넘치는
말(言)과 유희들
그리고 시끄럽게
인간을 유혹하는 소리

재미는 있으나
사랑은 없을 듯하고
눈물은 있으나
깊이는 가늠할 수 없을 듯

밤 벚꽃
요란하게 흩날리는
도쿄의 밤

# 배를 타고 하늘을 떠다니다
―마리나 베이샌즈에서, 2017.8.25

구름이 하늘을 감싼다
낮별들이 보일 듯 숨어서
밤을 기다리고 있네

기다린 시간만큼 더 빛날까?

밤은 낮을 기다리고
낮은 밤을 위해 기도하는
싱가포르 마리나 베이 샌즈

배를 타고 하늘을 떠다니는 사이

바다보다 깊은 하늘 아래
별들이 내려올 준비를 하고 있네
나 보다 딸애 인생길을
비춰 주면 좋겠네

# 공자
－곡부(曲阜)에서, 1991


산둥성의
노래하는 언덕
곡부에서 공자를 만난다
문화대혁명 때
무덤까지 파헤쳐지며
심한 욕을 본 공자를 만난다
그는 남겼지
'애지(愛之) 욕기생(慾其生)'
아 그렇구나
사랑은 그 무언가를 살게 하는 것
이보다 더 명료한
사랑에 대한 정의가 있을까?
사랑이 삶이다

# 자금성
—베이징에서, 1991


황궁에 꽃이 필 때는
모르지
그러나 꽃이 질 때쯤엔
느끼지
왕조의 시간은
비극의 정원이라는 것을!
그 대지 위에 뿌려지는
왕이라는 이름의
슬픈 노래를
그 누가 부를까
그 심정
귀뚜라미는 알겠지


*청나라 마지막 황제 푸이를 생각하며

# 장안에서

— 장한가무쇼


그 옛날
현종과 양귀비가
사랑을 나눴던 화청지
이들의 사랑을 노래한
시인 백거이의 시 '장한가'가
장예모 연출로
'장한가무쇼'가 되어 공연된다
세계서 몰려온 사람들
하루 저녁을 보낸다
'하늘에선 비익조가 되고
땅에서 연리지가 되고자 했던'*
왕과 왕비의
비극적인 사랑을 보며
서로의 사랑을 확인한다
화려한 궁전과 눈부신 의상
그 속에서 연주되는
예상우의곡*에 실린 선율이
시안(西安)의 저녁을
사랑으로 물들인다


*백거이의 '장한가 부문', 예상우의곡은 현종이 즐겨듣던 서역의 음악.

# 추억

－시드니 오페라하우스에서, 2012


애써 기억하지 않아도
오래된 기억처럼 찾아오는
바다의 푸른 기운을 받은
흰 조개껍데기의
아트 하우스여

두 번째 만난
너의 곁에는
내가 있는데
내 곁에서 사랑을 고백한
그녀는 없다
행복했던 어제
잔인한 오늘의
나의 시드니여

# 번지점프

－호주 브리즈번의 근교에서, 1994


새가 되려다 인간이 된
사람들이 펼치는 비행연습
이들은 아마도
수억 년 후 새가 될 것이다

까마득한 계곡을
날면서 새가 되는
예행연습을 하고 있는
흑인 청년

그의 날갯짓 위로
무지개가 떴다

# 토렌스 리버

－아들레이드에서, 2012.7.19

남 호주
아들레이드 시를
가로지르는 트렌스 리버
강가의 벤치에 앉아 있는 사람들은
날아오는 새들에게
쿠키를 던져주며
자신들은 싱싱한 푸른 공기를 마신다

어느 도시를 가든
강가의 풍경은 평화롭다
연인들 사이로 새들이 날고
아이들의 웃음소리 맑다

아 영화 '오스트레일리아'에서
소 키우던
니콜 키드먼은 뭘할까

*아들레이드 아트페스티벌에 가서

# 화가 니콜라이 신

－우즈베키스탄에서, 1991

한 예술가가 있었네
그는 할머니 손에서 컸다네
그의 가족들은
칼바람 속을 달리는
짐승우리 같은 시베리아 횡단 기차에 실려
강제 이주를 당했다네
죽은 가족들 시신 창밖으로 던지며
도착한 우즈베키스탄의 계곡
가시덤불 속에서 목화밭을 일구고
냉기가 휘도는 동굴 속에서
손자를 위해 기도했다네
해질 무렵이면
손톱 발톱 다 깨져가며 일군
목화밭에 서서
붉은 노을 속으로 걸어올 손자를 기다리며
목화 꽃송이 같은 눈물을 흘렸다네
그는 지하창고에서 숨죽이며
자유의 그림을 그렸다네
어린 시절 기차 안에서 본 슬픈 광경을
거대한 레퀴엠으로 남겼다네

할머니의 눈물로 그림을 그린

그의 이름은 니콜라이 신

한국인 신순남이라네


*니콜라이 신은 고려인 화가로 영국 BBC로부터 동양의 피카소라 불렸다

# 고구려 1
−졸본성에서

나에겐 졸본성
중국인에겐 오녀산성
그 산성을 올라간다
그 험한 산꼭대기에
나라를 세우고
먼 대륙을 바라보던
고구려인들의 눈빛
그들이 삼족오 그려진
깃발 높이 들고
저 넓은 들판을 달리던
함성소리 들린다
이 높은 산 위에서
솟는 천지(天地) 물로 목축이고
세상을 날던
세 발 가진 까마귀들은
어디로 날아갔는지
돌아오지 않고
무너진 성벽 사이에 선
오래된 소나무 사이로
빈 바람이 지나가네

*중국의 동북공정으로 고구려 졸본성은 중국의 오녀산성으로 명명되어 있었다

# 고구려 2
－집안에서

집안 시내를 걷다가
고구려의 성터를 지난다
옛 성곽 확 깔아뭉개고
아파트 단지를 지어 버렸네
아무리 세월이 지나고
과거를 애써 묻으려 해도
아파트 벽 사이로
삐져나와 나 여기 있소 하고
소리치는 고구려 벽돌들
깨진 얼굴 내밀고
나에게 고구려를 다시 일깨워주는
돌들에 미안해
압록강 푸른 강물에 냅다
아 쌍욕하며 화풀이하네
강 건너 북한 쪽
민둥산 아래
자전거 탄 홍익인간들
흙먼지 길을 달린다

# 고려극장
―카자흐스탄 알마티에서, 1991

그땐 소련이었지
지금은 카자흐스탄이라 부른다
스탈린 시절 강제이주로
가장 많은 고려인들이
토굴 속에서 삶을 이은
거대한 눈물의 나라
이들은 아버지 묻고 어머니 묻고
형 동생 친구를 묻으면서
버려진 땅을 옥토를 만들었지
고된 일로 꺼진 눈꺼풀 치세우며
밤엔 모여 연습하여
극장을 만들고 연극을 올린단다
알마티의 고려극장은
그 어떤 희곡보다 생생한
삶을 공연하는
한민족이 눈물로 세운
영혼극장이다
오 예술을 사랑하는
그들의 생애에 고개 숙인다

# 백두산에서

－천지

　구름 안개 가득하니 오지 말란다 와봐야 비바람 불고 오를 수도 없을 거라고 그래도 그렇지 그냥 가면 다시 못 올 거 같아 바람 냄새, 흙냄새라도 맡고 가겠다고 아락바락 길을 나섰다 내가 가는 길의 이름은 백두산 길이 아니라 슬프게도 장백산 길이다 비바람 뚫고 도착해 수백 계단을 타고 올라 푸르디 푸른 천지 온몸으로 안았다 언제쯤 저 하늘 연못을 개마고원 길 걸어서 만날 수 있을까? 하늘이여, 살아서 가능할까?

# 다시 홍콩에서

−첨밀밀


그 영화 본 후 홍콩 가면 등려군의 '월량대표아적심'을 듣는다 달빛은 내 마음 알겠지 이 노래 들으면 내 고향 강릉 경호의 달빛이 오버랩된다 아 '얄라이쌍'은 또 어떻고 남대천 변에 줄지어 선 달맞이꽃에 내리던 달빛은 또 어떻고 홍콩의 길거리를 걸으며 장만옥과 여명이 자전거 타고 가며 부르던 인도네시아 민요에 가사를 붙인 '첨밀밀'을 흥얼거린다 사랑아 사랑아 꿀 같은 달콤한 사랑아 작가 안서의 시나리오는 완벽한 사랑의 서사였다 어찌하여 젊은 날의 사랑은 달빛 아래서 더 아름다운 걸까?


*등려군은 중국 출신 대만가수로 많은 명곡을 남겼다

# 홍콩에서

−1987, 여름

나의 첫 해외여행지는 홍콩이었지 영국이 관리하던 중국의 아픈 손가락 같은 홍콩이었지 캐세이퍼시픽을 타고 홍콩에 도착했지 호텔방에서 화려한 불빛을 바라보며 내 유년시절을 사로잡은 무협영화를 떠올렸지 아오! 하고 소리치며 쌍절권을 휘두르던 이소룡, '취권'에서 허허실실 권법으로 적을 눕히던 성룡… 이들은 강원도 강릉 신영극장까지에서 달려와 까까머리 아이들을 사로잡았지 생애 첫 해외여행지 구룡반도에 머물며 일보다 온통 이들 생각으로 보내다 왔지 '영웅본색'의 주윤발은 어디서 이쑤시개를 씹고 있을까?

# 길

나여 떠나라
가서 새의 눈으로
세상을 만나라

길은
그대를 배반하지 않을지니

인터뷰

# 낯선 세상을 만나 나를 질문하다

▷요즘엔 주로 강릉에 머물던데?

처음엔 '사서삼강'(4일은 서울 3일은 강릉)이었다가 점점 서울집 체류가 줄더니 근래에는 2주에 한번 꼴로 갑니다. 강릉가면 심심할거라들 했지만 심심하기는커녕 읽을 책과 써야할 이야기가 많네요. 무엇보다 걸어야 해변길, 호수길, 논둑길, 산길 등이 기다리고 있어요. 걸으면 글을 쓸 수 있지요. 그렇다고 뛰어다닌다고 더 좋은 글을 쓸 것 같진 않지만요. 오늘도 경호(鏡湖)를 한바퀴 걷고 와서 인터뷰 글을 쓰고 있어요. 경호와 경포대에는 시(詩)가 마치 강릉의 붉은 홍시처럼 줄줄이 열려 있어요. 허균과 심언광의 경호를 노래한 시와 안축과 숙종의 경포대를 노래한 시가 좋더군요. 강릉은 도시 자체가 시라는 생각이 듭니다.

▷세계테마기행을 읽는 듯하다. 이번 시집에 대한 소회는?

지금도 여행 생각하면 몸과 마음이 붕 뜨는 느낌입니다. 꿀단지 생각나듯 달콤한 생각에 빠지죠. 코로나19로 어딜 가지 못하니까 좀이 쑤셔요. 아이러니하게도 코로나 때문이 아니라, 코로나 덕분에 이 시집이 나오게 된 듯해요. 서울집에서 서재를 정리하다 작은 노트들을 발견했어요. 지난 30년 동안 여행지와 그곳에서 만난 공간과 예술, 사람과 그의 생각들, 신과 바람의 숨소리들이 다시 다가왔어요. 낯선 도시에 대한 호기심으로 헤맨 기억도 살금살금 되살아났죠. 수첩의 메모를 거의 그대로 옮긴 시도 있지만, 다소 형식을 갖추느라 손 본 것도 있어요. 오래전 기억이라 사실관계가 틀린 것이 있으면 어쩌지 하는 두려움도 있어요. 물론 이 시집은 사실 적시가 아니라 제 여행의 감흥을 시적으로 정리한 것이긴 합니다.


▷이번 신작 시집에서 대표작 1편 꼽는다면? 그 시와 관련된 에피소드는?

다 대표작이에요. 왜냐하면 한편 한편마다 시적 대상이 되거나 시적 감흥을 불러일으킨 동기를 지니고 있기 때문입니다. 그래도 하나 뽑으라면, 1991년 중국에서 쓴 「곡부에서」를 선택하겠어요. 종교적, 문화적 관념을 떠나 공자의 '愛之 欲其生(애지 욕기생)'이란 말이 참 오랫동안 내 삶의 주변을 맴돌기 때문입니다. '사랑을 그 무언가를 살게 하는 것' 쯤으로 해석되는데, 세상에 사랑을 정의한 수많은 명언(名言) 중 난 이 말이 좋아요. 물신화된 이기적 세상에서 나 아닌 타인의 존재와 삶에 삶의 의욕을 불어넣어 줄 수 있다면 그게 사랑의 실천이라 생각되죠. 그런 생각을 마음 깊이 간직하고 살려고 해요. 하나 덧붙인다면 제목관련 시 인데요. 재즈는 흑인들의 삶이 진하게 묻어 있어 그런지 들을 때마다 마시는 기분입니다. 오히려 음악을 들으며 마시는 와인이 듣는 느낌이었어요. 그만큼 재즈는 연주자나 보컬의 삶이 몸속으로 다가와서 늘 곁에 끼고 삽니다.

▷제1부는 인간으로서의 '존재론적 사유'도 보였다. 무엇을 말하고 싶었는가?

난 늘 불안한 존재입니다. 세 번째 시집 제목이 『불안하다, 서있는 것들』이죠. 낯선 공간에 처음 진입할 때, 언어가 낯선 사람들을 만날 때 심리적으로 불안해요. 그래서인지 여행지에서 사원이나 신전을 만나면 같은 질문을 지속적으로 던집니다. 삶과 죽음의 문제죠. 알 수 없는 심연의 세계, 즉 존재의 가치, 삶과 죽음의 의미에 대해 늘 질문하게 되요. 미얀마의 사원에서, 인도의 무덤에서, 그리스의 신전에서 신(神)에게 불안한 삶의 근원, 세상의 고통 그것으로부터 벗어날 수 있는 방법을 묻곤 합니다. 물론 질문에 대한 답은 밥 딜런 식으론 '바람만이 아는 대답', 비트겐 슈타겐 식으론 질문의 소멸에 있을 것입니다. 어디서건 답을 얻진 못했지만 질문함으로써 나를 돌아보려했습니다. 나는 누구이며 무엇을 지향하며 어디로 가고 있으며 그 실체는 무엇으로 존재해야 하는가? 내게 영혼이 있다면 그 종착역은 어딘지를 물었습니다. 내겐 질문 그 자체가 답입니다. 진정한 나를 찾는, 그런 생각을 끝없이 하며 사는 인간으로 만들어주니까요.

▷ 문학, 연극, 뮤지컬, 발레, 음악 등 시의 배경이 매우 다채롭다. 문화적 스펙트럼이나 관심은 어디까지인가?

그냥 즐기는 거죠. 문학은 운명적으로 제게 온 장르이구요. 연극의 경우 연극담당기자를 20년 정도 했는데 대학로와 극장이 제 일터나 마찬가지였죠. 2,000여 편의 연극을 보았어요. 그러다 보니 자연스레 인접장르에 대한 관심도 커지고 장르해체, 장르 간 융·복합, 기술의 접목 등으로 빠르게 변화하는 예술세계와 시장에 대한 관심도 많아졌지요. 그러나 보니 자연스레 연극 극본, 무용대본도 쓰게 되고 예술감독도 하게 되었지요. 또한 여행을 다니면서 재즈 클럽, 뮤지컬 극장, 미술관, 공연장을 가거나 보거나 느끼거나 즐기거나 하는 것은 당연하고도 주요한 인생요소가 된 것이죠. 요즘은 대중가요에 깊이 빠져있습니다. 시대별로 차곡차곡 듣는 재미가 있어요. 각 예술장르의 특성과 형식은 달라도 그 본질은 결국 인간의 삶을 행복하게, 가치 있게 만들려는 노력 같아요.

## 시는 쓰는 삶이 아니라 시로 사는 삶을 위하여

▷ 문학 수업시대를 추억한다면?

참 아득하니 가까운 이야기입니다. 초등학교 시절 지역 일간지 『강원일보』와 소년잡지 『어깨동무』 등에 동시를 발표했어요. 그리고 문학청년시절은 헤맴이었죠. 비가 오나 눈이 오나 헤매는 것이었어요. 헤맴은 일종의 해방감이었어요. 강문해변, 안목해변, 남대천변은 길이 갖는 의미를, 강릉 중앙시장 골목통의 소머리국밥집과 닭갈비로 유명했던 안경아줌마집은 1980년대 삶의 격렬한 토론장이자 언어의 사원(寺院) 같은 곳이었어요. 시를 이야기하고, 시대를 노래하고 토하고, 개인적 감정을 드러내고 울고 욕하고 그리고 홀로 밤길을 걸으며 별을 바라보며 운명을 물었지요. 또 소나무가 산수화처럼 펼쳐진 대학캠퍼스에서 박세현 강세환 등 시에 관한 열혈남아 형들을 만나 같은 꿈을 꿨고(나만의 생각일 수 있음) 문학적 방황의 몇 부문을 공유했지요. 그리고 이들은 이 나라의 시인이 되었어요. 나는 1984년 군대에서 월간 시지 『心象』 신인상을 통해 데뷔

했습니다. 이후 강릉에서 바다시낭송회에 참여하다 1987년 서울살이를 시작, 한 30년 동안 살다가 고향으로 돌아왔죠.

▷시를 쓸 때 역점을 두는 요소는?

이번 시집은 여행시집이라 좀 서술적이고 기록적입니다. 평소에는 언어의 정제미와 감정의 절제미에 신경 씁니다. 가능한 운율과 리듬을 타고 싶고요. 짜낸 시가 아니라 삶이나 생각에서 자연스레 묻어져 나온 그런 노래 같은 시를 생각합니다. 특히 시는 삶의 노래란 생각을 많이 합니다. 사랑의 환희, 이별의 슬픔, 신에 대한 질문 등을 담은 시가 가요, 가곡, 오페라나 뮤지컬 속 아리아가 될 수 있으면 좋겠지요.

▷ 강릉과 관련된 문학적 관심이 큰데?

언제부턴가 강릉은 돌아갈 곳이라기보다 내 삶의 근원이라고 생각했어요. 그래서 서울살이하면서 시집 낼 때 간간히 강릉, 넓은 의미의 고향에 대한 시편들을 함께 묶었어요. 나이 60이 되면 다시 돌아가리라 마음먹고 20여 년 전부터 강릉을 읽고 공부하기 시작했어요. 그러면서 강릉을 그리워하면서 쓴 시를 모은 시집 『강릉』을 냈고 강릉에 살면서 쓴 시를 모은 『꽃잎 강릉』을 선보였어요. 다음에 낼 시집은 강릉을 하나의 신의 정원으로 인식하고 쓴 시를 모은 『강릉, 신의 정원에서』가 될 것입니다. 이로써 강릉을 주제로 한 강릉 시리즈 시집 3권이 마무리됩니다. 다시 강릉으로 돌아와 느끼는 것은 시를 쓰는 삶보다 시로 살 수 있는 도시란 생각이 듭니다. 하늘, 산, 바다, 호수, 들길, 골목길 등 가는 곳마다 시가 있어요.

▷시 이외 관심 있는 장르 혹은 다른 문화의 영역을 꼽는다면?

연극 영화 뮤지컬 등 다양한 장르와 일적, 작품적으로 만났어요. 그 중에서도 뮤지컬에 관심이 컸어요. 1990년대 초 우리나라에 뮤지컬이란 장르가 생소할 때, 뮤지컬보기 운동을 펼치면서 장르를 알리기 시작했고 한국뮤지컬대상을 만들어 대중화하는데 노력했지요. 뮤지컬에 빠진 이유는 1980년대 후반 뉴욕에 며칠 머물렀는데 그때 T. S. 엘리어트의 시로 만든 『캐츠』등을 보았어요. 제겐 새로운 세상이었지요. 여행 자유화가 되면 한국이 세계뮤지컬의 시장역할을 할 것 같았어요. 그래서 개인적인 좋아함과 일종의 사명감으로 뮤지컬을 대중에게 알리고 경쟁력을 가질수 있도록 나름 열정을 바쳤어요. 지금도 뮤지컬은 제 인생의 곁에 붙어 있는 옷 같아요.

▷요즘 강릉에서 지역문화 콘텐츠 개발에 남다른 열정을 보인다고 들었다?

20여 년 전 강릉으로 돌아가서 광대들과 한판 신명나는 놀이판을 만들어보겠다는 계획은 변함이 없습니다. 강릉은 이야기의 보물창고입니다. 신화부터 설화 민담은 물론 시 소설 등 다양한 문화원형들이 존재해요. 언젠가부터 이 원천소스를 현대적으로 재해석하고 미래가치를 찾고 싶은 강한 충동을 느껴왔어요. 2019년 신사임당의 시 3편과 강릉오죽헌시립박물관 소장의 팔폭병풍 초충도를 소재로 드라마콘서트 〈그림꽃밭에서〉를 만들었지요. 시와 그림의 노래화, 문화콘텐츠화 시도입니다. 그림 속 작은 생명들인 거미 사마귀 벌 나비 쇠똥구리들에게 예술적 생명을 부여한 작품으로 야외 상설공연을 하는 등 성공적입니다. 두 번째 개발작품으로 허난설헌의 시와 삶을 소재로 한 실경(實景) 뮤지컬 〈몽유가(夢遊歌)〉를 쇼케이스로 선보였어요. 난설헌의 시 속 세계를 그녀의 삶과 관련 있는 강릉 초당동고택(생가터)을 배경으로 무대화했죠. 난설헌의 시가 음악화되어 강릉의 밤과 고택에 꽤나 어울린 작품이 되었어요. 강릉을 방문하는 분들이 꼭 보고 싶은 공연으로 완성시키고 싶습니다.

▷앞으로의 계획은?

나의 고향은 강릉시 사천면 하평리입니다. 이곳은 최초의 한글소설을 쓴 허균의 삶과 문학세계가 시작된 곳이죠. 그는 임진왜란 시 함경도에서 배를 타고 사천진리 포구를 통해 태를 묻은 외갓집 애일당에 도착해 허물어진 집을 고쳐 살면서 스스로 차를 달이고 시를 지었어요. 그는 고향마을 언덕에서 바다를 바라보며 그 아름다움을 신선세계에 비유한 시 「至沙村(지사촌)」을 남겼어요. 어릴 때 뛰놀던 하평리와 사천진리는 흥겨운 전통농악, 고기잡이할 때 부르는 어요(漁謠), 장구바우의 성황제 등 다양한 문화예술이 오랫동안 숨쉬어온 전통과 예술의 마을입니다. 이곳에 조그만 작업실 '시시한가(詩時閑家)'를 만들었어요. 글쓰기 작업과 더불어 지역 청소년을 위한 상상력학교와 동화학교 등을 열어 학교에서 못하는 생각의 크기를 함께 나누고 키우는 일을 할 생각입니다. □